# L'ATTAQUE DES CLONES

© Hachette Livre 2017 pour la présente édition. Tous droits réservés.

Novélisation : Catherine Kalengula.
Illustrations : Bryan Rood.
Conception graphique du roman : Audrey Thierry.

Hachette Livre, 58 rue Jean-Bleuzen, 92178 Vanves cedex.

# STAR WARS™

## L'ATTAQUE DES CLONES

hachette
JEUNESSE

# LES PERSONNAGES

## OBI-WAN KENOBI

Ce Maître Jedi est aussi réfléchi
qu'habile au combat.
Il est très proche de son padawan,
Anakin, qui est aussi son ami.

## ANAKIN SKYWALKER

Anakin a toutes les qualités
pour devenir un grand Jedi.
Mais il doit encore apprendre
à contrôler ses émotions...

## PADMÉ AMIDALA

La jeune sénatrice de la planète
Naboo est prête à tout pour
maintenir la paix dans la galaxie.
Son ennemi juré ? Le comte Dooku !

## COMTE DOOKU

L'ancien padawan de Maître Yoda
est un redoutable combattant.
Il est le meneur des Séparatistes,
c'est-à-dire des planètes qui veulent
quitter la République.

## JANGO FETT

Jango Fett est un chasseur de primes
qui travaille pour le comte Dooku.
Il ne craint rien,
pas même les Jedi !

## YODA

Ce grand sage a plus de 900 ans.
Et malgré sa petite taille,
c'est le plus puissant des Jedi
et le meilleur au combat !

# CHAPITRE 1

La guerre
se prépare

**IL Y A BIEN LONGTEMPS, DANS UNE GALAXIE LOINTAINE, TRÈS LOINTAINE....**

**D**es vaisseaux de combat, les chasseurs, traversent l'espace. Ils accompagnent un vaisseau plus grand, couleur argent. Ce dernier appartient à Padmé Amidala, l'ancienne reine de Naboo, désormais sénatrice. La jeune femme se rend sur la planète Coruscant.

De nombreuses planètes à travers la galaxie veulent quitter la République. On les appelle les Séparatistes. Le comte Dooku est leur chef, et il prépare la guerre. C'est pourquoi, pour la première fois depuis des milliers d'années, le Sénat doit voter la création d'une armée, afin de se défendre.

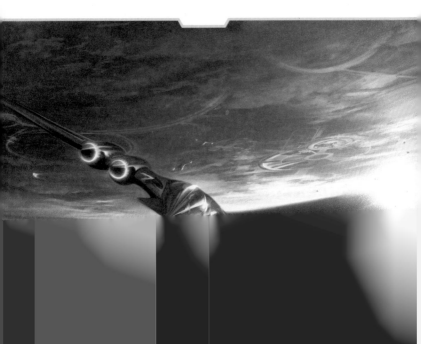

Padmé est contre. Elle a bien l'intention de trouver une solution pour préserver la paix, coûte que coûte. Et elle espère que les chevaliers Jedi pourront l'y aider. Mais elle sait aussi qu'elle a de nombreux ennemis…

Le vaisseau royal atterrit enfin sur Coruscant. La rampe s'abaisse. Ce n'est pas Padmé qui en descend, mais Cordé, l'une de ses amies. La jeune femme se fait passer pour la sénatrice afin de la protéger.

Soudain, un énorme bruit se fait entendre. Padmé, qui pilotait l'un des chasseurs de l'escorte, a juste

le temps de voir le vaisseau royal exploser. Grâce à cette ruse, elle est saine et sauve. Contrairement à la pauvre Cordé…

— J'ai eu tort de revenir, murmure Padmé, le cœur brisé.

— Ce vote est très important, lui rappelle Typho, son officier de sécurité. Vous faites votre devoir, et Cordé a fait le sien. Maintenant, venez !

Pour Padmé, cela ne fait pas de doute : le comte Dooku est responsable de cette attaque.

Les amis de Padmé sont inquiets. La jeune femme est convoquée dans le bureau du chancelier Palpatine. Plusieurs Jedi sont là eux aussi. La vie de Padmé est en danger.

Tout comme la paix qui régnait jusqu'ici sur la galaxie…

Même Maître Yoda semble soucieux. Lorsque Palpatine lui demande si la guerre aura lieu, Yoda se concentre pour deviner le futur. Il entrevoit des sabres laser bleus et verts – mais peu, trop peu. Et sa vision est étrangement floue…

— Le côté obscur brouille tout, explique-t-il. Impossible à prédire est l'avenir. Mais ce dont je suis sûr, c'est que leur devoir les Jedi feront.

En attendant, le chancelier leur demande de veiller sur Padmé.

# CHAPITRE 2

Course-poursuite !

L e chancelier l'a décidé : les Jedi doivent protéger Padmé. Obi-Wan Kenobi et son jeune apprenti, Anakin Skywalker, sont désignés pour accomplir cette mission. Padmé est ravie de les retrouver.

— Cela faisait trop longtemps, Maître Kenobi, déclare-t-elle en souriant. Je suis si heureuse que nos chemins se croisent à nouveau !

En revanche, Padmé ne reconnaît pas tout de suite Anakin. Il faut dire que dix années ont passé depuis leur première rencontre ! Pourtant, le garçon ne l'a jamais oubliée. Et il est bien déterminé à veiller sur elle.

— Nous allons démasquer ceux qui s'en prennent à vous, je vous le promets ! assure le padawan.

Mais Obi-Wan lui rappelle que cela ne fait pas partie de leur mission. Ils sont là pour protéger la sénatrice, pas pour enquêter.

Cette nuit-là, Anakin sent que Padmé est en danger. Il se précipite dans la chambre de la jeune femme, et découvre deux insectes venimeux prêts à la mordre ! D'un coup de sabre laser, Anakin les tranche en deux.

Mais le droïde-sonde qui les a déposés là s'envole déjà. Obi-Wan s'accroche à lui, tandis qu'il fonce à travers la circulation. S'il lâche prise, le Jedi n'a aucune chance de s'en sortir. Pour ne rien arranger, un mystérieux inconnu aux commandes d'un speeder, un véhicule volant, tire sur le droïde-sonde avec un fusil blaster.

C'est la chute !

Heureusement, Anakin arrive pile au bon moment.

— Tu en as mis du temps ! commente Obi-Wan.

Au fond, il est aussi soulagé que son apprenti. C'est sa façon à lui de le remercier.

— Oh, vous savez, Maître, je ne trouvais pas de speeder à mon goût ! plaisante Anakin. À la fois décapotable et rapide ! Et puis, j'avais envie d'une couleur originale.

Tout en parlant, il pourchasse le tireur à travers la ville. Obi-Wan doit se cramponner à son siège, tandis qu'Anakin zigzague entre les véhicules. Des tirs les frôlent : l'inconnu les prend pour cible.

Malheureusement, Anakin finit par percuter un immeuble. Plus de peur que de mal pour les Jedi ! Le jeune pilote redémarre aussitôt.

Devant eux, le tireur tourne à gauche, puis disparaît entre deux bâtiments.

Avec un sourire, Anakin se dirige vers la droite. Il a une idée.

— Où vas-tu ? s'étonne Obi-Wan. Il est parti de l'autre côté.

— C'est un raccourci, répond son padawan.

Il a parfaitement calculé son coup. L'autre speeder se trouve en dessous d'eux. Anakin bondit et atterrit sur lui !

# CHAPITRE 3

## Une planète mystérieuse

**A**nakin se rend rapidement compte que le tireur est une clawdite, c'est-à-dire un être capable de changer d'apparence. Et elle n'est pas décidée à se laisser faire ! Après quelques tirs de blaster et un atterrissage en catastrophe, les deux Jedi parviennent à la coincer dans une ruelle sombre.

— Qui t'a engagée ? l'interroge Anakin en utilisant la Force pour l'obliger à avouer. Parle-nous maintenant !

— Un chasseur de primes du nom de… commence-t-elle.

Mais elle n'a pas le temps de terminer sa phrase. Une flèche empoisonnée, surgie de nulle part, la réduit au silence. Les deux Jedi ont juste le temps d'apercevoir une

silhouette qui se propulse dans les airs, grâce au jetpack accroché dans son dos, pour prendre la fuite…

Plus tard, Obi-Wan rapporte ce qu'il s'est passé au Conseil Jedi. Une chose est sûre : Padmé n'est pas en sécurité sur Coruscant.

— Ce chasseur de primes, rechercher tu dois, dit Maître Yoda à Obi-Wan.

Anakin protégera seul Padmé Amidala. Ensemble, ils vont retourner sur la planète Naboo, au grand désespoir de Padmé ! Mais Anakin a convaincu le chancelier de l'obliger à quitter Coruscant pour sa propre sécurité.

— Je n'aime pas du tout l'idée de devoir me cacher, se désole la jeune femme.

Pourtant, Anakin et elle embarquent incognito à bord d'un vaisseau cargo…

Pendant ce temps, Obi-Wan mène son enquête. Il faut absolument retrouver le mystérieux chasseur de primes, et surtout savoir qui l'a embauché !

Avec l'aide d'un ami, Obi-Wan découvre que la flèche empoisonnée provient d'une planète nommée Kamino. Il doit maintenant la localiser. Or d'après les archives du Temple Jedi, celle-ci n'existe pas…

Obi-Wan ne connaît qu'une personne capable de l'aider : Maître Yoda. Ce jour-là, il est en train d'enseigner le maniement du sabre laser à de jeunes apprentis

— Pardon de vous interrompre, Maître, s'excuse le Jedi. Je recherche une planète que m'a décrite un vieil ami.

Yoda dresse les oreilles.

— Hum, une planète, Maître Obi-Wan a perdu ? s'amuse-t-il. C'est embêtant.

Il demande à ses élèves de se réunir autour d'un lecteur de cartes. Juste après, un hologramme de la galaxie en trois dimensions apparaît.

L'un des enfants lève la main.

— Maître, quelqu'un a dû effacer cette planète des archives, suggère-t-il.

Satisfait, Yoda se tourne vers Obi-Wan.

— Le padawan a dit vrai, approuve-t-il. Rends-toi au point

où convergent les forces gravitationnelles, et ta planète, tu trouveras.

Mais qui a pu effacer un document archivé ? Seul un Jedi peut faire une chose pareille…

# *CHAPITRE 4*

Obi-Wan
contre Jango Fett

**S**ur la paisible planète Naboo, Anakin et Padmé se sentent en sécurité. Bientôt, des sentiments naissent entre eux…

Mais depuis quelque temps, le jeune Jedi est inquiet. Il fait de terribles cauchemars à propos de sa mère.

— Je serai sûrement puni et peut-être renvoyé de l'Ordre, explique-t-il, mais je dois partir.

Je suis désolé, Padmé. Je n'ai pas le choix.

— Je viens avec toi, lui propose aussitôt la jeune femme.

Et ils partent ensemble sur Tatooine, la planète où vit Shmi, la mère d'Anakin…

De son côté, Obi-Wan a trouvé Kamino. Là, il va de surprise en surprise. Il découvre qu'un vieux

Jedi a engagé les Kaminoans pour créer une impressionnante armée de soldats clones. Son but : protéger la République. Mais le vieux Jedi est mort depuis…

Obi-Wan s'empresse de raconter sa découverte à Yoda et Mace Windu. Pour cela, il se sert d'un émetteur capable de projeter un hologramme, ce qui lui permet

de communiquer d'une planète à une autre.

— Les Kaminoans utilisent un chasseur de primes nommé Jango Fett pour créer les clones, indique-t-il. Je suis persuadé que c'est lui, l'assassin que nous cherchons.

Justement, lorsque Jango Fett apprend la présence d'Obi-Wan sur Kamino, il décide de prendre la fuite. Mais le Jedi le retrouve et se rue sur la plate-forme où le bandit en armure est en train de charger son vaisseau.

Aussitôt, Fett dégaine son blaster.

Et c'est une lutte acharnée qui commence !

Obi-Wan évite les tirs de son ennemi grâce à son sabre laser.

Mais voilà que Fett allume les fusées de son jetpack et commence à le mitrailler d'en haut ! Avec son sabre, Obi-Wan renvoie les tirs sur Jango.

Le chasseur de primes utilise alors un câble, qu'il lance sur le Jedi pour lui lier les mains et l'obliger à lâcher son arme.

Mais Obi-Wan n'a pas dit son dernier mot. Il tire brutalement sur le filin et réussit à faire tomber son adversaire. Fett en perd son jetpack et se met à glisser vers le bord de la plate-forme, en entraînant Obi-Wan avec lui.

Pour se sauver et se débarrasser du Jedi, Fett s'agrippe au rebord de la passerelle et lâche le câble : Obi-Wan chute alors vers l'océan déchaîné.

Le Jedi n'a qu'un moyen de s'en sortir : la Force. En se concentrant, il réussit à remonter sur le pont.

Trop tard ! Le vaisseau de Fett décolle déjà !

Obi-Wan a juste le temps de lancer une balise de repérage sur l'appareil de son ennemi…

# *CHAPITRE 5*

## La découverte d'Obi-Wan

**P**endant qu'Obi-Wan poursuit Jango, Anakin et Padmé retrouvent C-3PO sur Tatooine. C'est le droïde qu'Anakin avait fabriqué lorsqu'il était enfant ! Ce dernier leur apprend que Shmi n'est plus une esclave, et qu'elle a épousé un gentil fermier du nom de Lars. Mais aussi qu'elle a été enlevée par les Pillards Tusken !

Ce sont de véritables brutes qui vivent en plein désert.

Sans hésiter, Anakin confie Padmé à Lars et décide d'aller secourir Shmi.

Juché sur une motojet, le jeune Jedi finit par repérer le campement des Pillards Tusken. Mais sa mère est grièvement blessée. Anakin la serre contre lui.

— Je suis là, maman, la rassure-t-il. Tu es sauvée, tiens bon. Je vais te sortir d'ici.

— Je suis tellement fière de toi, Ani, murmure Shmi, dans un dernier souffle.

Le cœur d'Anakin se remplit de colère et de chagrin. Il ne pourra jamais pardonner aux Tusken. Alors, il allume son sabre laser et les attaque. Sans aucune pitié…

De son côté, grâce à un petit appareil de localisation, Obi-Wan suit le vaisseau de Fett jusqu'à une planète rocheuse, Géonosis. Là, il découvre que les Séparatistes construisent une armée de droïdes, aussi imposante que celle des clones. La guerre paraît inévitable.

Obi-Wan doit absolument demander de l'aide !

Comme il n'arrive pas à joindre le Conseil Jedi sur Coruscant, il décide de contacter Anakin.

— Anakin, tu me reçois ? C'est Obi-Wan.

Il a à peine le temps de raconter ses découvertes que les droïdes de combat du comte Dooku viennent l'interrompre ! La communication

est coupée. Le padawan s'empresse de transmettre ces informations au Conseil.

— Nous allons nous occuper du comte Dooku, l'informe Mace Windu. Quant à toi, Anakin, reste où tu es.

Mais Padmé n'est pas d'accord. Il faut traverser la moitié de la galaxie pour rejoindre Géonosis, en partant de Coruscant. La planète Tatooine, elle, est beaucoup plus proche.

Ils doivent aller sauver Obi-Wan !

Obi-Wan est figé dans les airs par un champ d'énergie, tandis qu'un courant électrique l'empêche de bouger. Le comte Dooku vient lui rendre visite. Il l'informe d'un grand danger :

— Et si je vous disais que le Sénat est désormais sous l'influence d'un seigneur Sith appelé Dark Sidious ?

— Je ne vous crois pas, rétorque Obi-Wan.

— Ralliez-vous à moi, lui demande Dooku. En nous unissant, nous pourrons détruire les Sith !

Mais le Maître Jedi refuse de l'écouter…

# CHAPITRE 6

Un affrontement
périlleux

**À** leur arrivée sur Géonosis,
Padmé et Anakin sont capturés par
Jango Fett.

Ils sont aussitôt conduits dans une
arène où chacun d'eux est enchaîné
à un pilier. Ils découvrent avec surprise qu'Obi-Wan est là, lui aussi.

Soudain, trois monstres féroces
les rejoignent. Face à eux, les prisonniers n'ont aucune chance !

— Occupe-toi de celui de droite, ordonne Obi-Wan à Anakin. Je prends celui de gauche.

— Et Padmé ? demande son apprenti.

Mais la jeune femme semble très bien se débrouiller seule. Elle a même réussi à ôter l'une de ses menottes. Elle est montée tout en haut du pilier, et s'occupe désormais de retirer la seconde menotte.

Les monstres chargent ! Un acklay, une horrible créature aux dents pointues, fonce droit sur Obi-Wan, les pinces grandes ouvertes. Le Jedi l'évite au dernier moment, et l'énorme pince vient briser le pilier. Obi-Wan est libre ! De son

côté, Anakin a bondi sur le dos
d'un reek, et enroulé sa chaîne
autour de l'une de ses cornes. En
se débattant, la créature finit par
la casser ! Les trois prisonniers ont
réussi à se libérer, et ils se défendent
courageusement.

Par chance, ils ne sont pas seuls bien longtemps. Les autres chevaliers Jedi viennent d'arriver !

Mace Windu décide de rejoindre le comte Dooku dans sa loge.

— La fête est terminée, déclare-t-il.

Mais le comte se contente de rire… Il sait que ce petit groupe de Jedi ne pourra pas rivaliser avec son immense armée.

Et c'est la bataille ! La pire qu'Obi-Wan ait connue. Peu importe le nombre de droïdes abattus, d'autres continuent d'arriver par centaines !

Dooku savoure déjà sa victoire.

— Rendez-vous, et vos vies seront épargnées, propose-t-il à Mace Windu.

Mais ce dernier refuse.

Dans l'arène, la situation semble désespérée. Les Jedi sont cernés de

toutes parts. Ils ne pourront jamais gagner. Quand soudain…

— Regardez ! s'écrie Padmé.

En levant les yeux, Obi-Wan aperçoit ce qu'elle veut lui montrer. Des vaisseaux de la République ! Sous le commandement de Maître Yoda, ceux-ci se posent en cercle autour d'eux pour les protéger.

L'instant d'après, des soldats en armure blanche en jaillissent et font feu sur les droïdes.

C'est l'armée des clones !

# CHAPITRE 7

La guerre
des clones

Face à ces ennemis inattendus, le comte Dooku sait qu'il a perdu. Et il cherche à s'enfuir !

Obi-Wan ordonne à Anakin de le poursuivre. Ils ne seront pas trop de deux pour le mettre hors d'état de nuire.

— Si on arrive à le capturer, nous pourrons mettre un terme à cette guerre, maintenant, explique-t-il.

Ils retrouvent le comte dans un hangar. À bord de son vaisseau, il est prêt à décoller !

— On l'affronte à deux, commande Obi-Wan.

Mais la colère submerge son apprenti.

— Tu vas payer pour tous les Jedi que tu as tués aujourd'hui, Dooku ! s'emporte-t-il.

Le comte sourit en le voyant s'approcher. Puis, il utilise la Force pour projeter le padawan contre un mur, si fort que celui-ci perd connaissance. Fatigué par la bataille, Obi-Wan est vaincu à son tour !

C'est à ce moment qu'Anakin revient à lui. Il utilise alors le sabre laser de son maître pour se battre.

Mais même avec deux lames, il n'est pas de taille contre Dooku.

Il n'y a plus qu'une personne capable de s'opposer au comte : Yoda. À son arrivée, Dooku lui envoie un éclair mortel de Force,

que le maître bloque juste en levant la main. Les décharges fusent, toutes contrées par Yoda. Celui-ci comprend que Dooku est passé du côté obscur.

— Beaucoup encore, il te reste à apprendre, déclare-t-il.

— Il est évident que cette querelle ne se réglera pas par notre seule maîtrise de la Force, mais bien le sabre laser à la main, rétorque le comte.

L'heure du duel est venue !

Yoda manie son sabre avec agilité et bloque toutes les attaques de son adversaire. Grâce à la Force, il est invincible !

— Bien battu, tu t'es, mon ancien padawan, commente-t-il doucement.

Refusant d'admettre sa défaite, Dooku fait vaciller une grue, qui s'effondre sur Obi-Wan et Anakin. Yoda se concentre pour les sauver.

Et le comte en profite pour filer…

De retour sur Coruscant, Obi-Wan et Anakin sont soignés. Puis, ils rejoignent le Temple Jedi.

— Je dois reconnaître que sans les clones, nous n'aurions pas pu remporter la victoire, fait remarquer Obi-Wan.

— La victoire ? s'indigne Yoda. Tu appelles ça une victoire ?

Il contemple la salle du Conseil, quasiment déserte, en baissant tristement les oreilles.

— Ce n'est pas une victoire, poursuit-il. Du côté obscur, le voile vient de se déchirer. De débuter, la guerre des clones vient.

L'espoir subsiste malgré tout. Sur Naboo, Anakin épouse secrètement Padmé. L'Ordre Jedi le lui interdit, mais ses sentiments sont les plus forts.

Maintenant, quoi que leur réserve l'avenir, ils l'affronteront ensemble…

**Fin**

u lu le premier épisode
e la saga *Star Wars* ?

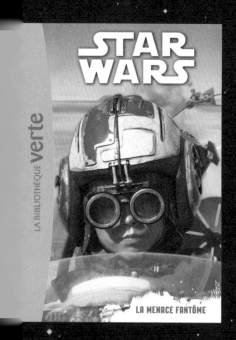

tout connaître sur ta série préférée,
va sur le site :
w.bibliotheque-verte.com

# TABLE

PAPIER À BASE DE
FIBRES CERTIFIÉES

[H] hachette s'engage pour
l'environnement en réduisant
l'empreinte carbone de ses livres.
Celle de cet exemplaire est de :
300 g éq. $CO_2$
Rendez-vous sur
www.hachette-durable.fr

Photogravure Nord Compo - Villeneuve-d'Ascq

Imprimé en Roumanie par Rotolito Romania
Dépôt légal : juin 2017
Achevé d'imprimer : juillet 2020
36.6871.4/09 – ISBN 978-2-01-625573-5
*Loi n° 49956 du 16 juillet 1949*
*sur les publications destinées à la jeunesse*